THE FIRST
THOUSAND
WORDS
IN ITALIAN

With Easy Pronunciation Guide

Heather Amery and Patrizia Di Bello

Illustrated by Stephen Cartwright

Pronunciation Guide by Anne Becker

A casa

la vasca

il sapone

il rubinetto

le bolle di sapone

lo spazzolino da denti

l' acqua

l'asciugamano

la spugna

la doccia

il dentifricio

il lavandino

il gabinetto

la libreria

il tavolino

la radio

la stanza da bagno

il soggiorno

il termosifone

la lana

la carta da parato

l' orologio

il tappeto

il cuscino

il giradisch

4

la stanza da letto

l' ingresso

il lume

il letto

la cassettiera

la spazzola

il cuscino

l' armadio

lo scendiletto

i manifesti

il piumino

i vestiti

il pettine

lo specchio

il lenzuolo

la scala

il ragno

la mosca

la ragnatela

l' attaccapanni

poltrona

le lettere

il telefono

il quotidiano

5

La cucina

il frigorifero

i bicchieri

l'orologio

i cucchiai

il grembiule

l' interruttore

le pentole

i piattini

il ferro da stiro

il bollitore

lo spazzolone

l' aspirapolvere

il lavello

le forchette

la porta

il panno della polvere

lo sgabello

i coltelli

il lucid

6

la cucina

le mattonelle

il cassetto

la spazzatura

la padella

la lavatrice

la paletta

i piatti

il tavolo da stiro

il detersivo

la spazzola

la lampadina

le tazze

i fiammiferi

la tavola

i cucchiaini

la chiave

la scopa

le ciotole

il mobile

7

Il giardino

la carriola

l' alveare

la chiocciola

i mattoni

la pattumiera

il bruco

la vanga

la formica

il piccione

la grondaia

la scala
a pioli

i semi

8   il ripostiglio

il verme

i fiori

l' innaffiatoio

l' osso

la siepe

il trapiantatoio

la falciatrice

il sentiero

l' albero

il forcone

le foglie

la scopa

la cannella

la zappa

il fumo

l' ape

il rastrello

carrozzina

la vespa

l' erba

le piante

il falò

il nido

i bastoni

la serra

9

Il laboratorio

la carta vetrata

il trapano

i bulloni

le puntine

la sega

la segatura

il martello

la lima

la cassetta degli attrezzi

il giravite

l' asse

la latta di pittura

i trucioli

il temperino

la botte

l' ascia

i dadi

il metro

le viti

la scala a pioli

i chiodi

la morsa

la piallo

la legna

il banco

i barattoli

il legno

11

La strada

la stazione di servizio

l' ambulanza

la bicicletta

il buco

il caffè

il marciapiede

il negozio

il semaforo

il fumaiolo

il camion

le strisce

i gradini

l' uomo

l' albergo

la macchina della polizia

il rullo compressore

il martello pneumatico

la scuola

il campo giochi

gli appartament

12

la statua

l' autobus

il taxi

il rimorchio

le condutture

il tetto

il mercato

la fabbrica

l' antenna

il furgone

il vigile

l' autopompa

la casa

il palo
della
luce

la donna

la
scavatrice

la chiesa

il cinema

la macchina

la motocicletta

il guidatore

13

Il negozio di giocattoli

il pianoforte

le carte da gioco

la casa delle bambole

il flauto

il robot

l' armonica a bocca

le biglie

il cannone

la macchina fotografica

le perline

il fischietto

il razzo

i dadi da gioco

le bambole

gli astronauti

il cavallo a dondolo

la gru

il rullo compressore

le racchette da ping-pong

i cubi

la chitarra

la scatola degli attrezzi

14

la canna da pesca

la scatola dei colori

la creta

il paracadute

la macchina da scrivere

la barca

il bersaglio

il carro armato

i soldatini

il castello

il salvadanaio

il trenino

i tamburi

le palline

le marionette

la macchina da corsa

le maschere

la tromba

l' arco e la freccia

il fucile

il sottomarino

15

Il parco

la palla

il filo

la buca
della sabbia

la merenda

l' aquilone

il gelato

il cane

le altalene

il cancello

il sentiero

i girini

16   lo scivolo

la rana

il cespuglio

i pattini a rotelle

i bambini

il monopattino

i cigni

il neonato

la terra

l' inferriata

il passeggino

gli uccelli

il dondolo

i fiori

la pozzanghera

gli anatroccoli

la corda per saltare

la barca a vela

l'aiuola

la panchina

il lago

il guinzaglio

l' anatra

gli alberi

17

Lo zoo

il pipistrello

il panda

l' ippopotamo

il pinguino

le ali

le zampe

le piume

l' aquila

il canguro

lo struzzo

il lupo

la scimmia

il pellicano

la giraffa

il gorilla

il castoro

l' orso

il leone

i leoncini

il coccodrillo

18

le corna

il cervo

il cammello

la foca

l' orso polare

i primati

la proboscide

l' elefante

la zebra

la coda

il bufalo

il rinoceronte

lo squalo

la capra

il delfino

il leopardo

la balena

la tigre

19

La stazione ferroviaria

La stazione di servizio

i binari

il capotreno

il locomotore

i respingenti

la carrozza ristorante

i vagoni

il macchinista

il treno merci

la pensilina

il semaforo

il controllore

le valige

le luci di testa

il motore

la lattina dell' olio

la batteria

l' autocisterna

20

aeroporto

la hostess

l' elicottero

la pista di atterraggio

l' aeroplano

la torre di controllo

il pilota

l' autolavaggio

il portabagagli

la pompa dell' aria

la pompa della benzina

il copertone

la chiave inglese

il cofano

il carro attrezzi

l' olio

la ruota

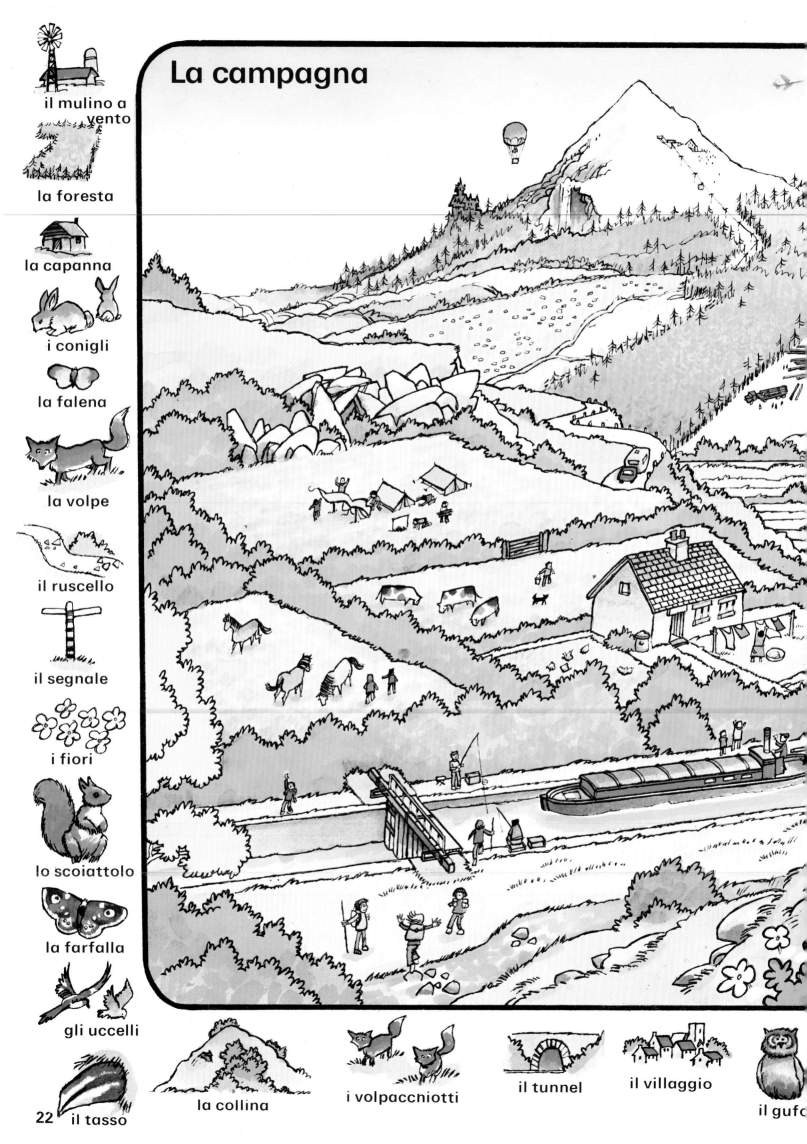

La campagna

il mulino a vento

la foresta

la capanna

i conigli

la falena

la volpe

il ruscello

il segnale

i fiori

lo scoiattolo

la farfalla

gli uccelli

il tasso

la collina

i volpacchiotti

il tunnel

il villaggio

il gufo

22

la mongolfiera

la roulotte

i ceppi

le tende

la strada

il ponte

la chiatta

la cascata

la montagna

i sassi

la talpa

la chiusa

il pescatore

le rocce

il canale

il treno

il fiume

23

La fattoria

il laghetto

la pecora

il covone

le anatre

il rimorchio

gli agnelli

la staccionata

il fienile

il porcile

il toro

il fango

i porcellini

il granaio

la stalla

il contadino

il carretto

il pony

il trattore

la sella

le oche

le balle di paglia

i sacch

24

il camion

il frutteto

il pollaio

la stalla
delle mucche

la mucca

gli anatroccoli

il gallo

il vitellino

l' aratro

il cane
pastore

il pastore

i tacchini

lo spaventa-
passeri

la fattoria

le galline

i pulcini

i maiali

il cavallo

le ochette

il campo

il fieno

il granturco

25

Il mare

la barca a vela

il mare

il remo

il faro

la paletta

il secchiello

la stella marina

il castello di sabbia

il gabbiano

la bandiera

il granchio

il marinaio

il cappello da spiaggia

la boa

l' isola

il molo

la sedia a sdraio

il motoscafo

lo sciatore d'acqua

le onde

la conchiglia

la scogliera

la nave

la canoa

i ciottoli

la palla

gli scogli

le pinne

le alghe

la rete

la pagaia

il peschereccio

l'ombrellone

l'asino

la petroliera

la barca a remi

il costume da bagno

la fune

27

A scuola

l' acquario

il distintivo

il soffitto

le matite

i ragazzi

il calendario

il muro

il cestino della carta

le forbici

4+2 =
3-2 =

le addizioni

il righello

lo scrittoio

le fotografie

i colori

la carta

i pennelli

la campana

a b c d e f g
h i j k l m n o
p q r s t u v
w x y z

l' alfabeto

le scatole

i libri

28

a b c d e f g
h i j k l m n o
p q r s t u v
w x y z

il dipinto

le penne

il gesso

il cavalletto

il pavimento

le piante

le ragazze

il mappamondo

la colla

la maniglia della porta

il quaderno

le puntine da disegno

disegno

la cartina geografica

i pastelli

il lume

le tapparelle

la lavagna

la gomma

la maestra

29

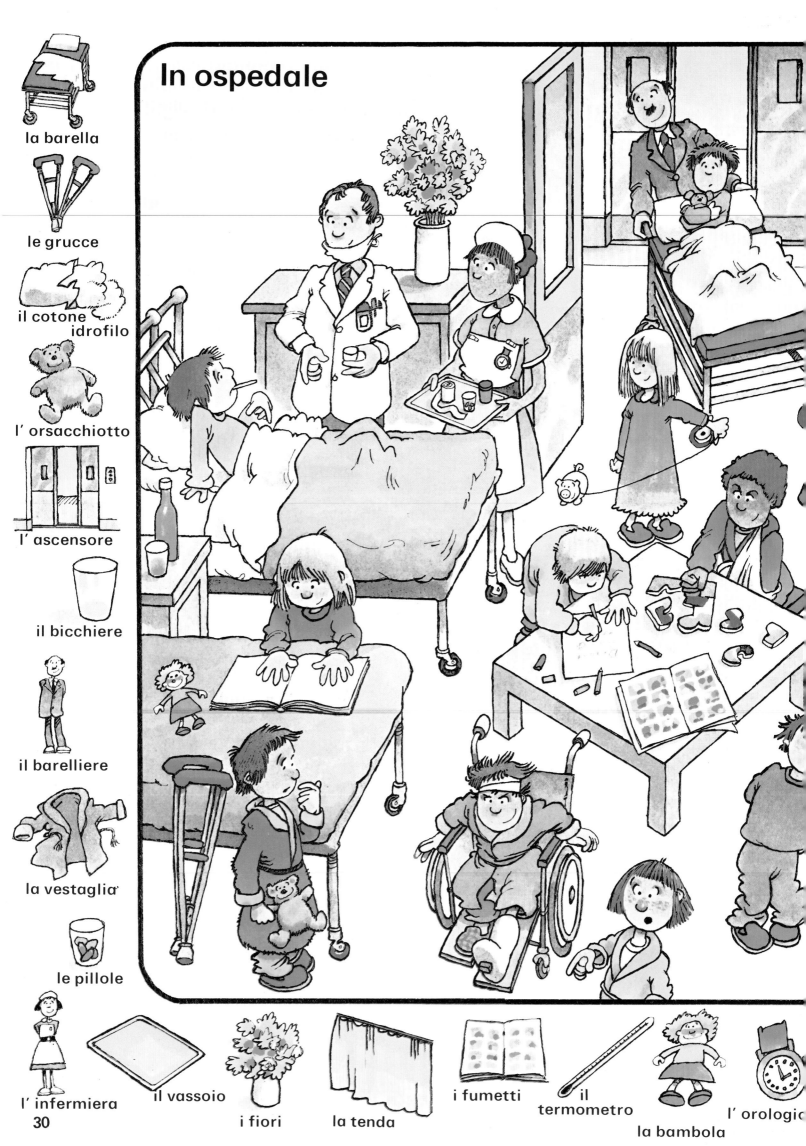

In ospedale

la barella

le grucce

il cotone idrofilo

l' orsacchiotto

l' ascensore

il bicchiere

il barelliere

la vestaglia

le pillole

l' infermiera

il vassoio

i fiori

la tenda

i fumetti

il termometro

la bambola

l' orologio

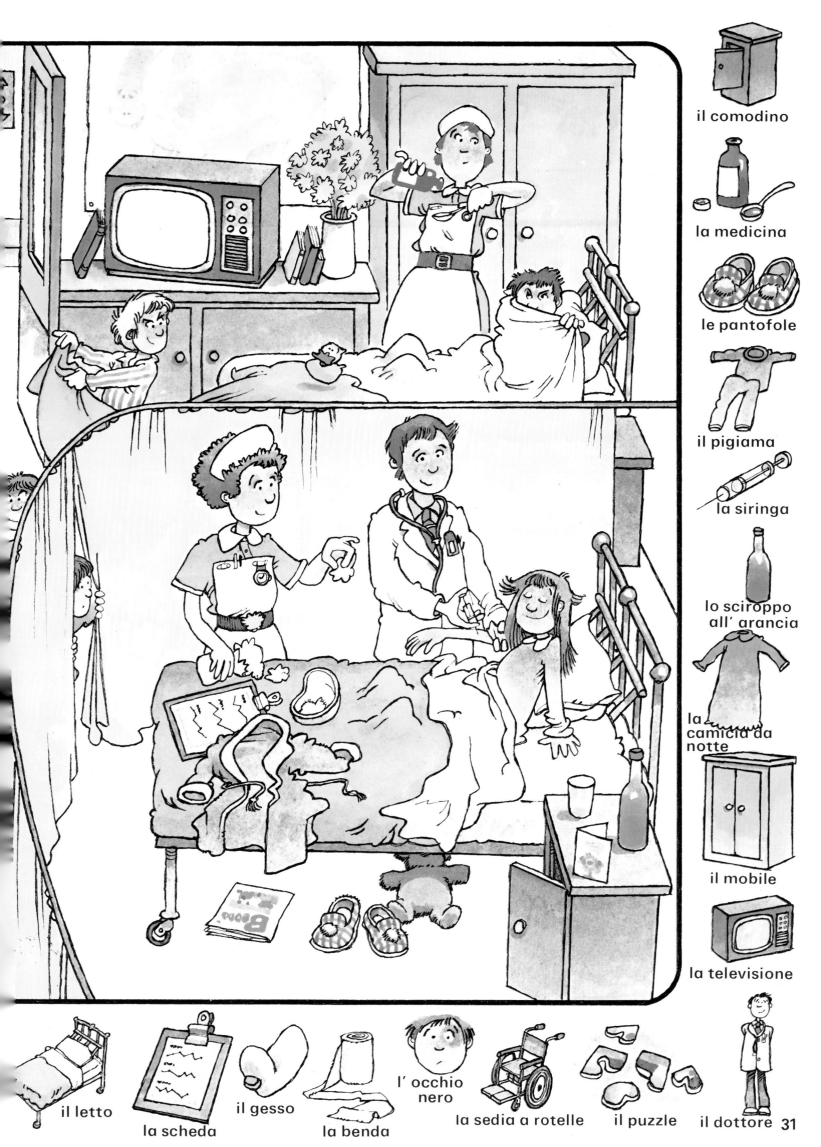

il comodino

la medicina

le pantofole

il pigiama

la siringa

lo sciroppo all' arancia

la camicia da notte

il mobile

la televisione

il letto

la scheda

il gesso

la benda

l' occhio nero

la sedia a rotelle

il puzzle

il dottore

31

La festa

i palloncini

le stelline

i cappelli
di carta

la zuppa
inglese

i tramezzini

la luna

le caramelle

i biscotti

la tovaglia

i dischi

la torta

i cioccolatini

i pasticcini

la lanterna

i giocattoli

il nastro

le candele

le cannuccie

le stelle

i pacchi

il dolce

i regali   la finestra   il budino   i fuochi d'artificio   le stelle filanti   il costume 33

le banane

i pompelmi

la lattuga

l' uva

il cavolfiore

le mele

le carote

i porri

la zucca

il cetriolo

i limoni

il sedano

i fagioli

le ciliegie

le albicocche

la verza

il melone

34

Il negozio

FORMAGGIO

CARNE

FRUTTA

FRUTTA

VERDURA

i funghi

le cipolle

i pomodori

le pesche

i piselli

l' ananas

le prugne

le patate

i lamponi

gli spinaci

PESCE

PANE

DROGHERIA

le scatolette

il pane

il burro

il formaggio

il pollo

le uova

il pesce

la farina

i barattoli

la carne

le salsicce

lo yogurt

il cestino

le bottiglie

i cavolini

le arance

le fragole

le borse

la cassa

la bilancia

i soldi

il borsellino

il carrello

la borsetta

Il cibo

prima colazione

colazione o pranzo

il caffè

il pollo

la marmellata

le uova fritte

il miele

il latte

la panna

la cioccolata calda

le costolette

la birra

il prosciutto

il sale

il pepe

36

cena o pranzo

il té

le noci

la carne

I succo di frutta

lo zucchero

la zuppa

la frittata

l' insalata

lo stufato

le frittelle

i panini

il riso

il vino

gli spaghetti

la salsa

37

Io

i capelli

le sopracciglia

gli occhi

il naso

la guancia

la bocca

le labbra

i denti

la lingua

il mento

il collo

le orecchie

la testa

la faccia

le spalle

le braccia

i gomiti

le mani

le dita

i pollici

la schiena

il sedere

il torace

la pancia

le ginocchia

le gambe

i piedi

le dita dei piedi

i calcagni

I miei vestiti

le mutandine   la canottiera   i pantaloni   i jeans   la maglietta

la gonna   la camicia   la cravatta   i pantaloni corti   i calzini

il maglione a collo alto   il maglione   il cardigan   le calzamaglie   la camicetta   il vestito

le scarpe da ginnastica   le scarpe   i sandali   gli stivali   i guanti

il giubbotto   la giacca a vento   il cappotto   il fazzoletto   il berretto   il cappello

la cintura   i bottoni   gli occhielli   le tasche   la chiusura lampo   la fibbia   i lacci

la sciarpa

La gente

un attore

un cuoco

una ballerina

un carpentiere

un subacqueo

un astronauta

un direttore
d'orchestr

un pagliaccio

un soldato

un poliziotto

un agricoltore

una cantante

un negoziante

un pilota

un meccanico

un artista

40

un macellaio

un pompiere

un postino

un palombaro

un imbianchino

un macchinista

un alpinista

un dentista

un pilota

un giudice

un guardiano dello zoo

un panettiere

Famiglie

padre
marito

madre
moglie

figlia
sorella

figlio
fratello

zia

zio

cugino

nonna

nonno

Cose da fare

sorridere

portare

fare il bagno

scrivere

pensare

spaccare

andare a quattro zampe

costruire

dipingere

leggere

lavarsi i denti

ascoltare

tagliare

rompere

cadere

lavare

nascondere

bere

spazzare

ridere

piangere

ballare

acchiappare

lavorare ai ferri

sedere

42

arrampicarsi

soffiare

giocare

cucinare

litigare

saltare la corda

cogliere

dormire

aspettare

guardare

lanciare

parlare

prendere

tirare

mangiare

cucire

cantare

scavare

vincere

correre

saltare

fare

stare in piedi

comperare

camminare

spingere

43

Parole opposte

buono

cattivo

piccolo

grande

grasso

magro

metà

intero

freddo

caldo

cima

fondo

morbido

duro

primo

ultimo

lontano

pochi

molti

vicino

vuoto

pieno

sporco

pulito

sinistra

alto

basso

44

lento

veloce

facile

difficile

lungo

corto

di sopra

di sotto

buono

cattivo

sopra

sotto

davanti

dietro

bagnato

asciutto

vivo

morto

scuro

chiaro

aperto

chiuso

destra

vecchio

fuori

nuovo

dentro

Parole dalle favole

il castello

il drago

il cavaliere

la scopa

la strega

la pistola

il cannone

il pirata

il tesoro

il gigante

la bacchetta magica

il pozzo dei desideri

la fata

il mago

il fungo

il folletto

il nano

il deserto

il ladro

l' Indiano

lo sceriffo

il cowboy

la diligenza

46

il diavolo

la corona

il palazzo

il paggio

la principessa

la spada

il principe

la regina

il re

l' angelo

la prigione

il dinosauro

le renne

la slitta

Babbo Natale

lo stregone

il fantasma

lo sposo

la sposa

le damigelle d' onore

il mostro

Animali favoriti

il gatto

il cane

i conigli

i pesci rossi

le lucertole

il pappagallo

le rane

il porcospino

i bachi da seta

i pappagallini

il criceto

i rospi

i cuccioli

i piccioni

i topi

i serpenti

i gattini

le tartarughe

Il tempo

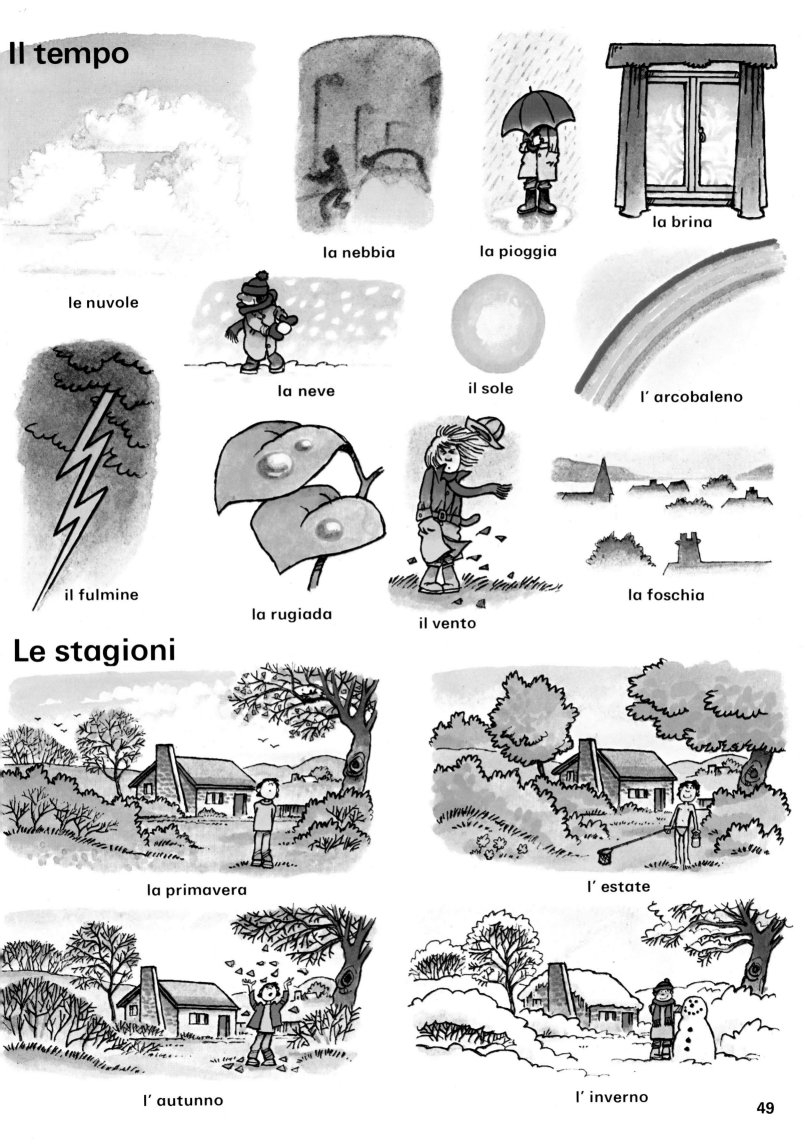

la nebbia

la pioggia

la brina

le nuvole

la neve

il sole

l' arcobaleno

il fulmine

la rugiada

il vento

la foschia

Le stagioni

la primavera

l' estate

l' autunno

l' inverno

49

Gli sport

il pugilato

il ciclismo

il baseball

il nuoto

il calcio

la ginnastica

il salto in alto

lo sci

l' automobilismo

il tennis

le corse dei cavalli

il pattinaggio

il tiro a segno

il cricket

il sollevamento pesi

la corsa a ostacoli

il motocross

l' ippica

la vela

il ping-pong

il canottaggio

la lotta

la pallacanestro

il judo

I colori

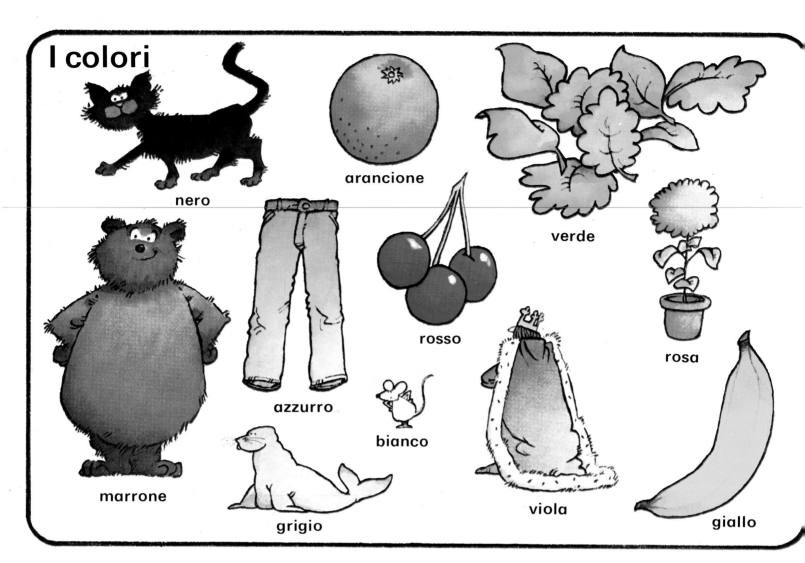

nero

arancione

verde

rosso

rosa

azzurro

bianco

marrone

grigio

viola

giallo

Forme

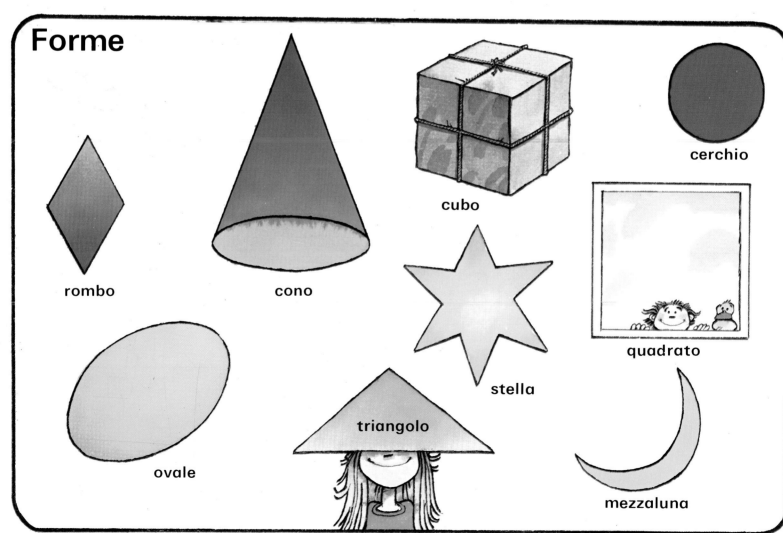

rombo

cono

cubo

cerchio

quadrato

stella

ovale

triangolo

mezzaluna

I numeri

1	uno	
2	due	
3	tre	
4	quattro	
5	cinque	
6	sei	
7	sette	
8	otto	
9	nove	
10	dieci	
11	undici	
12	dodici	
13	tredici	
14	quattordici	
15	quindici	
16	sedici	
17	diciassette	
18	diciotto	
19	diciannove	
20	venti	

Il parco dei divertimenti

la giostra

il tappetino

lo scivolo

la ruota

l' autoscontro

le montagne russe

il tiro al cerchietto

i pop corn

lo zucchero filato

il trenino dei fantasmi

il tiro a segno

Il circo

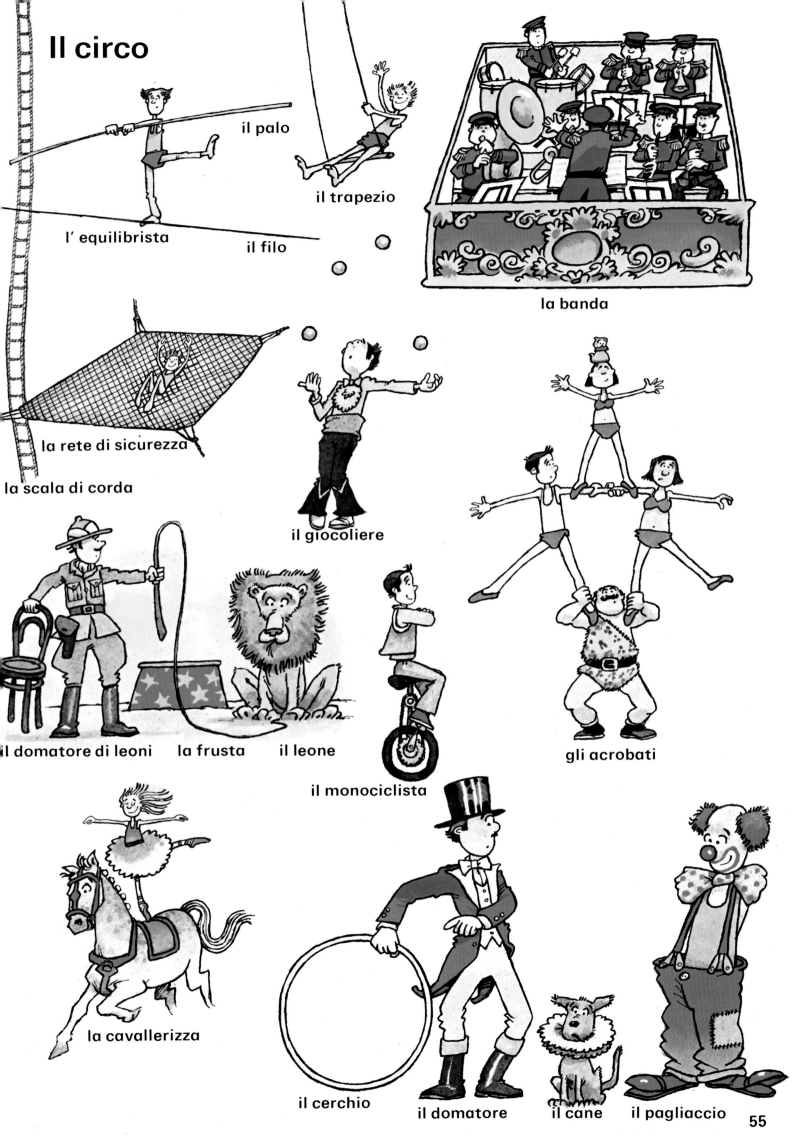

il palo

il trapezio

l' equilibrista

il filo

la banda

la rete di sicurezza

la scala di corda

il giocoliere

il domatore di leoni

la frusta

il leone

il monociclista

gli acrobati

la cavallerizza

il cerchio

il domatore

il cane

il pagliaccio

55

Saying the words

In this list of useful words, the English word comes first, then there is the Italian translation, followed by the pronunciation of the Italian word in *italics*.

On the next page is the start of the alphabetical list of all the words in the pictures in this book. Here the Italian word comes first, then there is its pronunciation in *italics*, followed by the English translation.

There are some sounds in the Italian language which are quite different from any sounds in English. The pronunciation is a guide to help you say the Italian words correctly. They may look funny or strange. Just read them as if they are English words, except for these special rules:

ay — is like the *a* in *date*
o — is like the *o* in *hot*
ow— is like the *ow* in *cow*
e — is like the *e* in *ten* even when followed by *r* — so *per* sounds like *pear* not like the *per* in *proper*
ly — sounds like the *lli* in *brilliant*
ny — sounds like the *ni* in *onion*
r — is always pronounced — sounded — never missed out
g — is like the *g* in *get*
s — is always said like the *s* in *set*

More Useful Words   These words (not in the pictures) cannot be illustrated

after	dopo	*do-po*
afternoon	pomeriggio	*po-may-reej-jo*
again	ancora	*an-cor-a*
all	tutto	*toot-to*
always	sempre	*sem-pray*
and	e	*ay*
another	un altro	*oon al-tro*
ask	domandare	*do-man-da-ray*
to be	essere	*ess-say ray*
because	perche'	*pair-kay*
to bring	portare	*po-ta-ray*
but	ma	*ma*
to call	chiamare	*kee-a-ma-ray*
to come	venire	*vay-nee-ray*
day	giorno	*jor-no*
early	presto	*pres-to*
end	fine	*fee-nay*
excuse me	scusi	*scoo-zee*
far	lontano	*lon-ta-no*
to finish	finire	*fee-nee-ray*
for	per	*pair*
friend	amico	*a-mee-co*
from	da	*da*
to go	andare	*an-da-ray*
happy	felice	*fay-lee-chay*
to have	avere	*a-vay-ray*
he	lui	*loo-ee*
to help	aiutare	*a-yoo-ta-ray*
her, his	sua, suo	*soo-a soo-o*
here	qui	*kwee*
to hold	tenere	*tay-nay-ray*
to be hungry	aver fame	*a-vair fa-may*
I	lo	*ee-o*
if	se	*say*
just	solo	*so-lo*
to keep	conservare	*con-sair-va-ray*
to know	conoscere	*co-no-shay-ray*
late	tardi	*tar-dee*
to leave	lasciare	*la-sha-ray*
to learn	imparare	*eem-pa-ra-ray*
to look	guardare	*gwar-da-ray*
lot	molto	*mol-to*
to love	amare	*a-ma-ray*
me	me	*may*
to meet	incontrare	*een-con-tra-ray*
month	mese	*may-zay*
more	piu'	*pee-oo*
morning	mattino	*mat-tee-no*
my	mio	*mee-o*
myself	me stesso	*may stes-so*
name	nome	*no-may*
near	vicino	*vee-chee-no*
never	mai	*my*
next	prossimo	*pros-see-mo*
night	notte	*not-tay*
no	no	*noh*
now	adesso	*a-des-so*
of	di	*dee*
once	una volta	*oo-na vol-ta*
our	nostro	*nos-tro*
please	per favore	*pair fa-vo-ray*
poor	povero	*po-vay-ro*
pretty	carino	*ca-ree-no*
to put	mettere	*met-tay-ray*
rich	ricco	*reek-ko*
sad	triste	*tree-stay*
to see	vedere	*vay-day-ray*
to sell	vendere	*ven-day-ray*
she	lei	*lay*
to show	mostrare	*mo-stra-ray*
soon	presto	*pres-to*
some	qualche	*kwal-kay*
sorry	mi scusi	*mee scoo-zee*
to stay	restare	*res-ta-ray*
thank you	grazie	*grat-see-ay*
that	che	*cay*
then	allora	*al-lo-ra*
there	la'	*la*
to be thirsty	aver sete	*a-vair say-tay*
this	questo	*kwes-to*
time	tempo	*tem-po*
to be tired	essere stanco	*ess-say-ray stan-co*
today	oggi	*oj-jee*
tonight	stanotte	*sta-not-tay*
tomorrow	domani	*do-ma-nee*
too	anche	*an-cay*
to try	provare	*pro-va-ray*
us	noi, ci	*noy, chee*
very	molto	*mol-to*
to want	volere	*vo-lay-ray*
we	noi	*noy*
week	settimana	*set-tee-ma-na*
when	quando	*kwan-do*
where	dove	*do-vay*
who	chi	*kee*
with	con	*con*
year	anno	*an-no*
yes	si	*see*
yesterday	ieri	*ee-ay-ree*
you	tu	*too*

acchiappare	ack-kee-ap-pa-ray	to catch
l'acqua (f)	lack-kwa	water
l'acquario (m)	lack-kwa-ree-o	aquarium
gli acrobati (m)	lyee a-cro-ba-tee	acrobats
le addizioni (f)	lay ad-deet-see-o-nee	sums
l'aeroplano (m)	la-ay-ro-pla-no	aeroplane
l'aeroporto (m)	la-ay-ro-por-to	the airport
gli agnelli (m)	lyee a-nyell-lee	lambs
l'agricoltore (m)	la-gree-col-to-ray	farmer
l'aiuola (f)	la-ee-oo-o-la	flower bed
l'albergo (m)	lal-bair-go	hotel
l'albero (m)	lal-bay-ro	tree
le albicocche (f)	lay al-bee-cock-kay	apricots
l'alfabeto (m)	lal-fa-bay-to	alphabet
le alghe (f)	lay al-gay	seaweed
le ali (f)	lay a-lee	wings
l'alpinista (m)	lal-pee-neece-ta	mountaineer
le altalene (f)	lay al-ta-lay-nay	swings
alto	al-to	high
l'alveare (m)	lal-vay-a-ray	beehive
l'ambulanza (f)	lam-boo-lant-sa	ambulance
l'ananas (m)	la-na-nass	pineapple
le anatre (f)	lay a-na-tray	ducks
gli anatroccoli (m)	lyee a-na-trock-ko-lee	ducklings
andare a quattro zampe	an-da-ray a kwat-tro tsam-pay	to crawl
l'angelo (m)	lan-jay-lo	angel
animali favoriti (m)	a-nee-ma-lay fa-vo-ree-tee	pets
l'antenna (f)	lan-ten-na	aerial
l'ape (f)	la-pay	bee
aperto	a-pair-to	open
gli appartamenti	lyee ap-par-ta-men-tee	flats
l'aquila (f)	la-kwee-la	eagle
l'aquilone (m)	la-kwee-lo-nay	kite
le arance (f)	lay a-ran-chay	oranges
arancione	a-ran-cho-nay	orange (colour)
l'aratro (m)	la-ra-tro	plough
l'arco (m) e la freccia	lar-co ay la frech-cha	bow and arrow
l'arcobaleno (m)	lar-co-ba-lay-no	rainbow
l'armadio (m)	lar-ma-dee-o	wardrobe
l'armonica a bocca (f)	lar-mo-nee-ca a bock-ka	mouth organ
arrampicarsi	ar-ram-pee-car-see	to climb
l'artista (m, f)	lar-tee-sta	artist
l'ascensore (m)	la-sen-so-ray	lift
l'ascia (f)	la-sha	axe
l'asciugamano (m)	la shoo-ga-ma-no	towel
asciutto	a-shoot-to	dry
ascoltare	a-scol-ta-ray	to listen
l'asino (m)	la-see-no	donkey
aspettare	a-spet-ta-ray	to wait
l'aspirapolvere (m)	la-spee-ra-pol-vay-ray	vacuum cleaner
l'asse (f)	lass-say	plank
l'astronauta (m)	la-stro-now-ta	astronaut, spaceman
l'attaccapanni (m)	lat-tack-ka-pan-nee	pegs
l'attore (m)	lat-to-ray	actor
l'autobus (m)	low-to-booce	bus
l'autocisterna (f)	low-to-chee-stair-na	petrol lorry
l'autolavaggio (m)	low-to-la-vaj-jo	car wash
l'automobilismo (m)	low-to-mo-bee-leez-mo	motor racing
l'autopompa (f)	low-to-pom-pa	fire engine
l'autoscontro (m)	low-to-scon-tro	dodgems
l'autunno (m)	low-toon-no	autumn
azzurro	ad-zoor-ro	blue
Babbo Natale	bab-bo na-ta-lay	Father Christmas
la bacchetta magica	la back-ket-ta ma-jee-ca	wand
i bachi da seta (m)	ee ba-kee da say-ta	silk worms
bagnato	ba-nya-to	wet
la balena	la ba-lay-na	whale
ballare	bal-la-ray	to dance
le balle di paglia (f)	lay bal-lay dee pal-ya	straw bales
la ballerina	la bal-lay-ree-na	dancer
i bambini (m)	ee bam-bee-nee	children
la bambola	la bam-bo-la	doll
le banane (f)	lay ba-na-nay	bananas
il banco	eel ban-co	bench, desk
la banda	la ban-da	band
la bandiera	la ban-dee-ay-ra	flag
i barattoli (m)	ee ba-rat-to-lee	jars
la barca	la bar-ca	boat
la barca a remi	la bar-ca a ray-mee	rowing boat
la barca a vela	la bar-ca a vay-la	sailing boat
la barella	la ba-rell-la	trolley
il barelliere	eel ba-rell-lee-ay-ray	porter
il baseball	eel base-ball	baseball
basso	bass-so	low
i bastoni (m)	ee ba-sto-nee	sticks
la batteria	la bat-tay-ree-a	battery
la benda	la ben-da	bandage
bere	bay-ray	to drink
il berretto	eel bair-ret-to	cap
il bersaglio	eel bair-sal-yo	target
bianco	bee-an-co	white
il bicchiere	eel beek-kee-ay-ray	glass
la bicicletta	la bee-chee-clet-ta	bicycle
le biglie (f)	lay bee-lyay	marbles
la bilancia	la bee-lan-cha	scales
i binari (m)	ee bee-na-ree	railway lines
la birra	la beer-ra	beer
i biscotti (m)	ee bee-scot-tee	biscuits
la boa	la bo-a	buoy
la bocca	la bock-ka	mouth
le bolle di sapone (f)	lay bol-lay dee sa-po-nay	bubbles
il bollitore	eel bol-lee-to-ray	kettle
le borse (f)	lay bor-say	bags
il borsellino	eel bor-sell-lee-no	purse
la borsetta	la bor-set-ta	handbag
le bottiglie (f)	lay bot-tee-lyee-ay	bottles
la botte	la bot-tay	barrel
i bottoni (m)	ee bot-to-nee	buttons
le braccia (f)	lay brach-cha	arms
la brina	la bree-na	frost
il bruco	eel broo-co	caterpillar
la buca della sabbia	la boo-ca dell-la sab-bee-a	sandpit
il buco	eel boo-co	hole
il budino	eel boo-dee-no	jelly
il bufalo	eel boo-fa-lo	buffalo
i bulloni (m)	ee bool-lo-nee	bolts
buono	bwo-no	good, nice
il burro	eel boor-ro	butter
cadere	ca-day-ray	to fall
il caffè	eel caf-fay	café, coffee
i calcagni (m)	ee cal-ca-nyee	heel
il calcio	eel cal-cho	football
caldo	cal-do	hot
il calendario	eel ca-len-da-ree-o	calendar
le calzamaglie (f)	lay calt-sa-ma-lyay	tights
i calzini (m)	ee calt-see-nee	socks
la camicia	la ca-mee-cha	shirt
la camicia da notte	la ca-mee-cha da not-tay	nightdress
la camicetta	la ca-mee-chet-ta	blouse
il camion	eel ca-mee-on	lorry
il cammello	eel cam-mell-lo	camel
camminare	cam-mee-na-ray	to walk
la campagna	la cam-pa-nya	the country
la campana	la cam-pa-na	bell
il campo	eel cam-po	field
il campo giochi	eel cam-po jock-ee	playground
il canale	eel ca-na-lay	canal
il cancello	eel can-chell-lo	gate
le candele (f)	lay can-day-lay	candles
il cane	eel ca-nay	dog
il cane pastore	eel ca-nay pas-to-ray	sheep dog
il canguro	eel can-goo-ro	kangaroo

la canna da pesca	la can-na da pes-ca	fishing rod
la cannella	la can-nell-la	hosepipe
il cannone	eel can-no-nay	cannon
le cannuccie (f)	lay can-nooch-chay	straw
la canoa	la ca-no-a	canoe
il canottaggio	eel ca-not-taj-jo	rowing
la canottiera	la ca-not-tee-ay-ra	vest
la cantante	la can-tan-tay	singer
cantare	can-ta-ray	to sing
la capanna	la ca-pan-na	hut
i capelli (m)	ee ca-pell-lee	hair
il capotreno	eel ca-po-tray-no	guard
i cappelli di carta (m)	ee cap-pell-lee dee car-ta	paper hats
il cappello	eel cap-pel-lo	hat
il cappello da spiaggia	eel cap-pel-lo da spee-aj-ja	sun hat
il cappotto	eel cap-pot-to	coat
la capra	la ca-pra	goat
le caramelle (f)	lay ca-ra-mel-lay	sweets
il cardigan	eel car-dee-gan	cardigan
la carne	la car-nay	meat
le carote (f)	lay car-ro-tay	carrots
il carpentiere	eel car-pen-tee-ay-ray	carpenter
il carrello	eel car-rel-lo	trolley
il carretto	eel car-ret-to	cart
la carriola	la car-ree-o-la	wheelbarrow
il carro armato	eel car-ro ar-ma-to	tank
il carro attrezzi	eel car-ro at-tret-see	breakdown lorry
la carrozza ristorante	la car-rot-sa reece-to-ran-tay	buffet car
la carrozzina	la car-rot-see-na	pram
la carta	la car-ta	paper
la carta da parato	la car-ta da pa-ra-to	wallpaper
la carta vetrata	la car-ta vay-tra-ta	sandpaper
le carte da gioco (f)	lay car-tay da jo-co	cards
la cartina geografica	la car-tee-na jay-o-gra-fee-ca	map
a casa (f)	a ca-za	at home
la casa delle bambole	la ca-za del-lay bam-bo-lay	dolls' house
la cascata	la cas-ca-ta	waterfall
la cassa	la cas-sa	cash desk
la cassetta degli attrezzi	la cas-set-ta day-lyee at-tret-see	tool box
la cassettiera	la cas-set-tee-ay-ra	chest
il cassetto	eel cas-set-to	drawer
il castello	eel cas-tel-lo	castle
il castello di sabbia	eel cas-tel-lo dee sab-bee-a	sand castle
il castoro	eel cas-to-ro	beaver
cattivo	cat-tee-vo	bad, nasty
il cavaliere	eel ca-va-lee-ay-ray	knight
la cavallerizza	la ca-val-lay-reet-sa	bare-back rider
il cavalletto	eel ca-val-let-to	easel
il cavallo	eel ca-val-lo	horse
il cavallo a dondolo	eel ca-val-lo a don-do-lo	rocking horse
il cavolfiore	eel ca-vol-fee-o-ray	cauliflower
i cavolini (m)	ee ca-vo-lee-nee	sprouts
la cena	la chay-na	supper
i ceppi (m)	ee chep-pee	logs
il cerchio	eel chair-kee-o	circle, hoop
il cervo	eel chair-vo	deer
il cespuglio	eel ches-poo-lyo	bush
il cestino	eel ches-tee-no	basket
il cestino della carta	eel ches-tee-no-del-la car-ta	wastepaper bin
il cetriolo	eel chay-tree-o-lo	cucumber
chiaro	kee-a-ro	light
la chiatta	la kee-at-ta	barge
la chiave	la kee-a-vay	key
la chiave inglese	la kee-a-vay een-glay-zay	spanner
la chiesa	la kee-ay-za	church
la chiocciola	la kee-och-cho-la	snail
i chiodi (m)	ee kee-o-dee	nails
la chitarra	la kee-tar-ra	guitar
la chiusa	la kee-oo-za	lock
chiuso	kee-oo-zo	closed
la chiusura lampo	la kee-oo-zoo-ra lam-po	zip
Il cibo	eel chee-bo	food
il ciclismo	eel chee-clees-mo	cycle racing
i cigni (m)	ee chee-nyee	swans
le ciliegie (f)	lay chee-lee-ay-jay	cherries
la cima	la chee-ma	top
il cinema	eel chee-nay-ma	cinema
cinque	cheen-kway	five
la cintura	la cheen-too-ra	belt
la cioccolata calda	la chock-ko-la-ta cal-da	hot chocolate
i cioccolatini (m)	ee chock-ko-la-tee-nee	chocolate
le ciotole (f)	lay cho-to-lay	bowls
i ciottoli (m)	ee chot-to-lee	pebbles
il circo	eel cheer-co	the circus
le cipolle	lay chee-pol-lay	onions
il coccodrillo	eel cock-ko-dreel-lo	crocodile
la coda	la co-da	tail
il cofano	eel co-fa-no	bonnet
cogliere	co-lyay-ray	to pick
la colazione	la co-lat-see-o-nay	breakfast, lunch
la colla	la col-la	glue
la collina	la col-lee-na	hill
il collo	eel col-lo	neck
i colori (m)	ee co-lo-ree	paints, colours
i coltelli (m)	ee col-tel-lee	knives
il comodino	eel co-mo-dee-no	locker
comperare	com-pay-ra-ray	to buy
la conchiglia	la con-kee-lya	seashell
le condutture	lay con-doot-tray	pipes
i conigli (m)	ee con-ee-lyee	rabbits
il cono	eel co-no	cone
il contadino	eel con-ta-dee-no	farmer
il controllore	eel con-trol-lo-ray	ticket collector
il copertone	eel co-pair-to-nay	tyre
la corda	la cor-da	skipping rope
le corna (f)	lay cor-na	horns
la corona	la co-ro-na	crown
correre	cor-ray-ray	to run
la corsa a ostacoli	la cor-sa a os-ta-co-lee	show jumping
le corse dei cavalli (f)	lay cor-say day-ee ca-val-lee	horse racing
corto	cor-to	short
cose da fare	co-zay da fa-ray	things to do
le costolette (f)	lay cos-to-let-tay	chops
costruire	cos-troo-ee-ray	to build
il costume	eel cos-too-may	costume
il costume da bagno	eel cos-too-may da ba-nyo	swimsuit
il cotone idrofilo	eel co-to-nay ee-dro-fee-lo	cotton wool
il covone	eel co-vo-nay	haystack
il cowboy	eel cow-boy	cowboy
la cravatta	la cra-vat-ta	tie
la creta	la cray-ta	clay
il criceto	eel cree-chay-to	hamster
il cricket	eel cree-ket	cricket
i cubi	ee coo-bee	blocks
il cubo	eel coo-bo	cube
i cuccioli (m)	ee cooch-cho-lee	puppies
i cucchiai (m)	ee cook-kee-a-ee	spoons
i cucchiaini (m)	ee cook-kee-a-ee-nee	teaspoons
la cucina	la coo-chee-na	the kitchen cooker
cucinare	coo-chee-na-ray	to cook
cucire	coo-chee-ray	to sew
il cugino	eel coo-jee-no	cousin
il cuoco	eel coo-o-co	chef
il cuscino	eel coo-shee-no	cushion, pillow
i dadi (m)	ee da-dee	nuts
i dadi da gioco (m)	ee da-dee da jo-co	dice
le damigelle d'onore (f)	lay da-mee-jel-lay do-no-ray	bridesmaids
davanti	da-van-tee	front
il delfino	eel del-fee-no	dolphin
i denti (m)	ee den-tee	teeth
il dentifricio	eel den-tee-free-cho	toothpaste

Italiano	Pronuncia	English
il dentista	eel den-tee-sta	dentist
dentro	den-tro	in
il deserto	eel day-zair-to	desert
destra	des-tra	right
il detersivo	eel day-tair-see-vo	washing powder
il diavolo	eel dee-a-vo-lo	devil
diciannove	dee-chan-no-vay	nineteen
diciassette	dee-chas-set-tay	seventeen
diciotto	dee-chot-to	eighteen
didietro	dee-dee-ay-tro	back
dieci	dee-ay-chee	ten
difficile	dee-fee-chee-lay	difficult
la diligenza	la dee-lee-jent-sa	stage coach
il dinosauro	eel dee-no-sow-ro	dinosaur
dipingere	dee-peen-jay-ray	to paint
il dipinto	eel dee-peen-to	painting
il direttore d'orchestra	eel dee-ret-to-ray dor-kes-tra	conductor
i dischi (m)	ee deece-kee	records
il disegno	eel dee-zay-nyo	drawing
disopra	dee-so-pra	upstairs
disotto	dee-sot-to	downstairs
il distintivo	eel dee-steen-tee-vo	badge
le dita (f)	lay dee-ta	fingers
le dita dei piedi (f)	lay dee-ta day-ee pee-ay-dee	toes
la doccia	la doch-cha	shower
dodici	do-dee-chee	twelve
il dolce	eel dol-chay	pudding
il domatore	eel do-ma-to-ray	ring master
il domatore di leoni	eel do-ma-to-ray dee lay-o-nee	lion tamer
il dondolo	eel don-do-lo	seesaw
la donna	la don-na	woman
dormire	dor-mee-ray	to sleep
il dottore	eel dot-to-ray	doctor
il drago	eel-dra-go	dragon
la drogheria	la dro-gay-ree-a	groceries
due	doo-ay	two
duro	doo-ro	hard
l'elefante (m)	lay-lay-fan-tay	elephant
l'elicottero (m)	lay-lee-cot-tay-ro	helicopter
l'equilibrista (m, f)	lay-kwee-lee-bree-sta	tight-rope walker
l'erba (f)	lair-ba	grass
l'estate (f)	less-ta-tay	summer
la fabbrica	la fab-bree-ca	factory
la faccia	la fach-cha	face
facile	fa-chee-lay	easy
i fagioli (m)	ee fa-jo-lee	beans
la falciatrice	la fal-cha-tree-chay	lawn mower
la falena	la fa-lay-na	moth
il falò	eel fa-lo	bonfire
famiglie (f)	fa-mee-lyay	families
il fango	eel fan-go	mud
il fantasma	eel fan-tas-ma	ghost
fare	fa-ray	to make
fare il bagno	fa-ray eel ba-nyo	to bath
la farfalla	la far-fal-la	butterfly
la farina	la fa-ree-na	flour
il faro	eel fa-ro	lighthouse
la fata	la fa-ta	fairy
la fattoria	la fat-to-ree-a	the farm, farmhouse
il fazzoletto	eel fat-so-let-to	handkerchief
il ferro da stiro	eel fair-ro da stee-ro	iron
la festa	la fes-ta	the party
i fiammiferi (m)	ee fee-am-mee-fay-ree	matches
la fibbia	la feeb-bee-a	buckle
il fienile	eel fee-ay-nee-lay	loft
il fieno	eel fee-ay-no	hay
la figlia	la fee-lya	daughter
il figlio	eel fee-lyo	son
il filo	eel fee-lo	string
la finestra	la fee-nes-tra	window
i fiori (m)	ee fee-o-ree	flowers
il fischietto	eel feece-kee-et-to	whistle
il fiume	eel fee-oo-may	river
il flauto	eel flow-to	recorder
la foca	la fo-ca	seal
le foglie (f)	lay fo-lyay	leaves
il folletto	eel fol-let-to	elf
il fondo	eel fon-do	bottom
le forbici (f)	lay for-bee-chee	scissors
le forchette (m)	lay for-ket-tay	forks
il forcone	eel for-co-nay	fork
la foresta	la fo-res-ta	forest
il formaggio	eel for-maj-jo	cheese
forme	for-may	shapes
la formica	la for-mee-ca	ant
la foschia	la fos-kee-a	mist
le fotografie (f)	lay fo-to-gra-fee-ay	photographs
le fragole (f)	lay fra-go-lay	strawberries
il fratello	eel fra-tell-lo	brother
freddo	fred-do	cold
il frigorifero	eel free-go-ree-fay-ro	refrigerator
la frittata	la freet-ta-ta	omelette
le frittelle (f)	lay free-tell-lay	pancakes
la frusta	la froo-sta	whip
la frutta	la froot-ta	fruit
il frutteto	eel froot-tay-to	orchard
il fucile	eel foo-chee-lay	gun
il fulmine	eel fool-mee-nay	lightning
il fumaiolo	eel foo-ma-yo-lo	chimney
i fumetti (m)	ee foo-met-tee	comic
il fumo	eel foo-mo	smoke
la fune	la foo-nay	rope
i funghi (m)	ee foon-gee	mushrooms
i fuochi d'artificio (m)	ee foo-o-kee dar-tee-fee-cho	fireworks
fuori	foo-o-ree	out
il furgone	eel foor-go-nay	van
il gabbiano	eel gab-bee-a-no	gull
il gabinetto	eel ga-bee-net-to	toilet
le galline (f)	lay gal-lee-nay	hens
il gallo	eel gal-lo	cock
le gambe (f)	lay gam-bay	legs
i gattini (m)	ee gat-tee-nee	kittens
il gatto	eel gat-to	cat
il gelato	eel jay-la-to	ice cream
la gente	la jen-tay	people
il gesso	eel jes-so	chalk, plaster
la giacca a vento	la ja-ca a ven-to	anorak
il giallo	eel jal-lo	yellow
il giardino	eel jar-dee-no	garden
il gigante	eel jee-gan-tay	giant
la ginnastica	la jeen-na-stee-ca	gymnastic
le ginocchia (f)	lay jee-nock-kee-a	knees
giocare	jo-ca-ray	to play
i giocattoli (m)	ee jo-cat-to-lee	toys
il giocoliere	eel jo-co-lee-ay-ray	juggler
la giostra	la jos-tra	roundabout
il giradischi	eel jee-ra-deece-kee	record player
la giraffa	la jee-raf-fa	giraffe
il giravite	eel jee-ra-vee-tay	screwdriver
i girini (m)	ee jee-ree-nee	tadpoles
il giubbotto	eel joob-bot-to	jacket
il giudice	eel joo-dee-chay	judge
i gomiti (m)	ee go-mee-tee	elbows
la gomma	la gom-ma	rubber
la gonna	la gon-na	skirt
il gorilla	eel go-reel-la	gorilla
i gradini (m)	ee gra-dee-nee	steps
il granaio	eel gra-na-yo	barn
il granchio	eel gran-kee-o	crab
grande	gran-day	big
il granturco	eel gran-toor-co	corn
grasso	gras-so	fat
il grembiule	eel grem-bee-oo-lay	apron
grigio	gree-jo	grey
la grondaia	la gron-da-ya	gutter
la gru	la groo	crane

le grucce (f)	*lay grooch-chay*	crutches
la guancia	*la gwan-cha*	cheek
i guanti (m)	*ee gwan-tee*	gloves
guardare	*gwar-da-ray*	to watch
il gufo	*eel goo-fo*	owl
il guidatore	*eel gwee-da-to-ray*	driver
il guinzaglio	*eel gween-tsa-lyee-o*	dog lead
il guardiano dello zoo	*eel gwar-dee-a-no dell-lo tso*	zoo keeper
la hostess	*la o-stess*	air hostess
l'imbianchino (m)	*leem-bee-an-kee-no*	painter
l'indiano (m)	*leen-dee-a-no*	Indian
l'infermiera (f)	*leen-fair-mee-ay-ra*	nurse
l'inferriata (f)	*leen-fair-ree-a-ta*	railings
l'ingresso (m)	*leen-gress-so*	hall
l'innaffiatoio (m)	*leen-naf-fee-a-to-yo*	sprinkler
l'insalata (f)	*leen-sa-la-ta*	salad
intero	*een-tay-ro*	whole
l'interruttore (m)	*leen-tair-root-to-ray*	switch
l'inverno (m)	*leen-vair-no*	winter
io	*ee-o*	me
l'ippica (m)	*leep-pee-ca*	riding
l'ippopotamo (m)	*leep-po-po-ta-mo*	hippopotamus
l'isola (f)	*lee-zo-la*	island
i jeans (m)	*ee jeens*	jeans
il judo	*eel joo-do*	judo
le labbra (f)	*lay lab-bra*	lips
il laboratorio	*eel la-bo-ra-to-ree-o*	workshop
i lacci (m)	*ee lach-chee*	laces
il ladro	*eel lad-ro*	robber
il laghetto	*eel la-get-to*	pond
il lago	*eel la-go*	lake
la lampadina	*la lam-pa-dee-na*	bulb
i lamponi (m)	*ee lam-po-nee*	raspberries
la lana	*la la-na*	wool
lanciare	*lan-cha-ray*	to throw
la lanterna	*la lan-tair-na*	lantern
la latta di pittura	*la lat-ta dee peet-too-ra*	paint pot
il latte	*eel lat-tay*	milk
la lattina dell'olio	*la lat-tee-na del-o-lee-o*	oil can
la lattuga	*la lat-too-ga*	lettuce
la lavagna	*la la-va-nya*	blackboard
il lavandino	*eel la-va-dee-no*	washbasin
lavare	*la-va-ray*	to wash
lavarsi i denti	*la-var-see ee den-tee*	to clean one's teeth
la lavatrice	*la la-va-tree-chay*	washing machine
il lavello	*eel la-vel-lo*	sink
lavorare ai ferri	*la-vo-ra-ray a-ee fair-ree*	to knit
la legna	*la lay-nya*	firewood
il legno	*eel lay-nyo*	wood
leggere	*lay-jay-ray*	to read
lento	*len-to*	slow
il lenzuolo	*eel lent-soo-o-lo*	sheet
il leoncino	*eel lay-on-chee-no*	cub
il leone	*eel lay-o-nay*	lion
il leopardo	*eel lay-o-par-do*	leopard
le lettere (f)	*lay let-tay-ray*	letters
il letto	*eel let-to*	bed
la libreria (f)	*la lee-bray-ree-a*	bookcase
i libri (m)	*ee lee-bree*	books
la lima	*la lee-ma*	file
i limoni (m)	*ee lee-mo-nee*	lemons
la lingua	*la leen-gwa*	tongue
litigare	*lee-tee-ga-ray*	to fight
il locomotore	*eel lo-co-mo-to-ray*	engine
lontano	*lon-ta-no*	far
lottare	*lot-ta-ray*	wrestling
lucertole (f)	*lay loo-chair-to-lay*	lizards
le luci di testa	*lay loo-chee dee tess-ta*	headlights
il lucido	*eel loo-chee-do*	polish
il lume	*eel loo-may*	lamp
la luna	*la loo-na*	moon
lungo	*loon-go*	long
il lupo	*eel loo-po*	wolf
il macellaio	*eel ma-chel-la-yo*	butcher
la macchina	*la mack-kee-na*	car
la macchina da corsa	*la mack-kee-na da cor-sa*	racing car
la macchina da scrivere	*la mack-kee-na da scree-vay-ray*	typewriter
la macchina della polizia	*la mack-kee-na del-la po-leet-see-a*	police car
la macchina fotografica	*la mack-kee-na fo-to-gra-fee-ca*	camera
il macchinista	*eel mack-kee-neece-ta*	train driver
la madre	*la ma-dray*	mother
la maestra	*la ma-es-tra*	teacher
magro	*ma-gro*	thin
la maglietta	*la ma-lyet-ta*	t-shirt
il maglione	*eel ma-lyee-o-nay*	jumper
il maglione a collo alto	*eel ma-lyee-o-nay a col-lo al-to*	sweater
il mago	*eel ma-go*	magician
i maiali (m)	*ee ma-ya-lee*	pigs
mangiare	*man-ja-ray*	to eat
le mani (f)	*lay ma-nee*	hands
i manifesti (m)	*ee ma-nee-fes-tee*	poster
la maniglia della porta	*la ma-nee-lya del-la por-ta*	doorhandle
il mappamondo	*eel map-pa-mon-do*	globe
il marciapiede	*eel mar-cha-pee-ay-dee*	pavement
il mare	*eel ma-ray*	the seaside, sea
il marinaio	*eel ma-ree-na-yo*	sailor
le marionette (f)	*lay ma-ree-o-net-tay*	puppets
il marito	*eel ma-ree-to*	husband
la marmellata	*la mar-mel-la-ta*	jam
marrone	*mar-ro-nay*	brown
il martello	*eel mar-tel-lo*	hammer
il martello pneumatico	*eel mar-tel-lo pnay-oo-ma-tee-co*	drill
le maschere (f)	*lay mas-cay-ray*	masks
le matite (f)	*lay ma-tee-tay*	pencils
le mattonelle (f)	*lay mat-to-nel-lay*	tiles
i mattoni (m)	*ee mat-to-nee*	bricks
il meccanico	*eel meck-ka-nee-co*	mechanic
la medicina	*la may-dee-chee-na*	medicine
le mele (f)	*lay may-lay*	apples
il melone	*eel may-lo-nay*	melon
il mento	*eel men-to*	chin
il mercato	*eel mair-ca-to*	market
la merenda	*la may-ren-da*	picnic
metà	*may-ta*	half
il metro	*eel may-tro*	tape measure
la mezzaluna	*la met-sa-loo-na*	crescent
il miele	*eel mee-ay-lay*	honey
il mobile	*eel mo-bee-lay*	cupboard
la moglie	*la mol-yay*	wife
il molo	*eel mo-lo*	harbour
molti	*mol-tee*	many
la mongolfiera	*la mon-gol-fee-ay-ra*	hot air balloon
il monociclista	*eel mo-no-chee-clee-sta*	trick cyclist
il monopattino	*eel mo-no-pat-tee-no*	scooter
la montagna	*la mon-ta-nya*	mountain
le montagne russe	*lay mon-ta-nyay roos-say*	big dipper
morbido	*mor-bee-do*	soft
la morsa	*la mor-sa*	vice
morto	*mor-to*	dead
la mosca	*la moss-ca*	fly
il mostro	*eel moss-tro*	monster
la motocicletta	*la mo-to-chee-clet-ta*	motor cycle
il motocross	*eel mo-to-cross*	speedway racing
il motore	*eel mo-to-ray*	engine
il motoscafo	*eel mo-to-sca-fo*	motor boat
la mucca	*la mook-ka*	cow
il mulino a vento	*eel moo-lee-no a ven-to*	windmill
il muro	*eel moo-ro*	wall
le mutandine	*lay moo-tan-dee-nay*	pants

il nano	*eel na-no*	dwarf
nascondere	*na-scon-day-ray*	to hide
il naso	*eel na-zo*	nose
il nastro	*eel na-stro*	ribbon
la nave	*la na-vay*	ship
la nebbia	*la neb-bee-a*	fog
il negoziante	*eel nay-go-tsee-an-tay*	shop keeper
il negozio	*eel nay-go-tsee-o*	the shop
il negozio di giocattoli	*eel nay-go-tsee-o dee jo-cat-to-lee*	the toyshop
il neonato	*eel nay-o-na-to*	baby
nero	*nay-ro*	black
la neve	*la nay-vay*	snow
il nido	*eel nee-do*	bird's nest
le noci (f)	*lay no-chee*	nuts
la nonna	*la non-na*	grandmother
il nonno	*eel non-no*	grandfather
nove	*no-vay*	nine
i numeri (m)	*ee noo-may-ree*	numbers
nuotare	*noo-o-ta-ray*	to swim
il nuoto	*eel noo-o-to*	swimming
nuovo	*noo-o-vo*	new
le nuvole (f)	*lay noo-vo-lay*	clouds
gli occhielli (m)	*lyee ock-kee-ell-lee*	button holes
gli occhi (m)	*lyee ock-kee*	eyes
l'occhio nero (m)	*lock-kee-o nay-ro*	black eye
le oche (f)	*lay o-cay*	geese
le ochette (f)	*lay o-cet-tay*	goslings
l'olio (m)	*lo-lee-o*	oil
l'ombrellone (m)	*lom-brell-lo-nay*	umbrella
le onde (f)	*lay on-day*	waves
le orecchie (f)	*lay o-reck-kee-ay*	ears
l'orologio (m)	*lo-ro-lo-jo*	clock, watch
l'orsacchiotto (m)	*lor-sack-kee-ot-to*	teddy bear
l'orso (m)	*lor-so*	bear
l'orso polare (l)	*lor-so po-la-ray*	polar bear
in ospedale	*een oss-pay-da-lay*	in hospital
l'osso (m)	*loss-so*	bone
otto	*ot-to*	eight
ovale	*o-va-lay*	oval
i pacchi (m)	*ee pack-kee*	parcels
la padella	*la pa-del-la*	frying pan
il padre	*eel pad-ray*	father
la pagaia	*la pa-ga-ya*	paddle
il paggio	*eel paj-jo*	pageboy
il pagliaccio	*eel pa-lyach-cho*	clown
il palazzo	*eel pa-lat-so*	palace,
la paletta	*la pa-let-ta*	dustpan, spade (small)
la palla	*la pal-la*	ball
la pallacanestro	*la pal-la-ca-nes-tro*	basketball
le palline (f)	*lay pal-lee-nay*	balls
i palloncini (m)	*ee pal-lon-chee-nee*	balloons
il palo	*eel pa-lo*	pole
il palo della luce	*eel pa-lo del-la loo-chay*	lamp post
il palombaro	*eel pa-lom-ba-ro*	deep-sea diver
il pane	*eel pa-nay*	bread
il panettiere	*eel pa-net-tee-ay-ray*	baker
il panda	*eel pan-da*	panda
la panchina	*la pan-kee-na*	bench
la pancia	*la pan-cha*	tummy
i panini (m)	*ee pa-nee-nee*	rolls (bread)
la panna	*la pan-na*	cream
il panno della polvere	*eel pan-no del-la pol-vay-ray*	duster
i pantaloni (m)	*ee pan-ta-lo-nee*	trousers
i pantaloni corti (m)	*ee pan-ta-lo-nee cor-tee*	shorts
le pantofole (f)	*lay pan-to-fo-lay*	slippers
i pappagallini (m)	*ee pap-pa-gal-lee-nee*	budgerigars
il pappagallo	*eel pap-pa-gal-lo*	parrot
il paracadute	*eel pa-ra-ca-doo-tay*	parachute
il parco	*eel par-co*	the park
il parco dei divertimenti	*eel par-co day-ee dee-vair-tee-ment-ee*	the fairground
parlare	*par-la-ray*	to talk
parole delle favole (f)	*pa-ro-lay del-lay fa-vo-lay*	storybook words
parole opposte (f)	*pa-ro-lay op-pos-tay*	opposite words
il passeggino	*eel pas-sej-jee-no*	pushchair
i pastelli (m)	*ee pas-tel-lee*	crayons
i pasticcini (m)	*ee pas-teech-chee-nee*	buns
il pastore	*eel pas-to-ray*	shepherd
le patate (f)	*lay pa-ta-tay*	potatoes
il pattinaggio	*eel pat-tee-naj-jo*	skating
i pattini a rotelle (m)	*ee pat-tee-nee a ro-tel-lay*	roller skates
la pattumiera	*la pat-too-mee-ay-ra*	dustbin
il pavimento	*eel pa-vee-men-to*	floor
la pecora	*la pay-co-ra*	sheep
il pellicano	*eel pel-lee-ca-no*	pelican
le penne (f)	*lay pen-nay*	pens
i pennelli (m)	*ee pen-nel-lee*	brushes
la pensilina	*la pen-see-lee-na*	platform
pensare	*pen-sa-ray*	to think
le pentole (f)	*lay pen-to-lay*	saucepans
il pepe	*eel pay-pay*	pepper
le perline (f)	*lay pair-lee-nay*	beads
il pescatore	*eel pes-ca-to-ray*	fisherman
il pesce	*eel pay-shay*	fish
i pesci rossi (m)	*ee pay-shee-ross-see*	goldfish
le pesche (f)	*lay pes-cay*	peaches
il peschereccio	*eel pes-cay-rech-cho*	fishing boat
la petroliera	*la pay-tro-lee-ay-ra*	oil tanker
il pettine	*eel pet-tee-nay*	comb
la pialla	*la pee-al-la*	plane
piangere	*pee-an-jay-ray*	to cry
il pianoforte	*eel pee-a-no-for-tay*	piano
le piante (f)	*lay pee-an-tay*	plants
i piatti (m)	*ee pee-at-tee*	plates
i piattini (m)	*ee pee-at-tee-nee*	saucers
il piccione	*eel peech-cho-nay*	pigeon
piccolo	*peek-ko-lo*	small
i piedi (m)	*ee pee-ay-dee*	feet
pieno	*pee-ay-no*	full
il pigiama	*eel pee-ja-ma*	pyjamas
le pillole (f)	*lay peel-lo-lay*	pills
il pilota	*eel pee-lo-ta*	pilot
il ping-pong	*eel peeng-pong*	table tennis
il pinguino	*eel peen-gwee-no*	penguin
le pinne (f)	*lay peen-nay*	flippers
la pioggia	*la pee-oj-ja*	rain
il pipistrello	*eel pee-pee-strel-lo*	bat
il pirata	*eel pee-ra-ta*	pirate
i piselli (m)	*ee pee-zel-lee*	peas
la pista di atterraggio	*la pee-sta dee at-tair-raj-jo*	runway
la pistola	*la pee-sto-la*	pistol
le piume (f)	*lay pee-oo-may*	feathers
il piumino	*eel pee-oo-mee-no*	eiderdown
pochi	*po-kee*	few
il pollaio	*eel pol-la-yo*	henhouse
i pollici (m)	*ee pol-lee-chee*	thumbs
il pollo	*eel pol-lo*	chicken
il poliziotto	*eel po-leet-see-ot-to*	policeman
la poltrona	*la pol-tro-na*	chair
la pompa dell'aria	*la pom-pa dell-a-ree-a*	air pump
la pompa della benzina	*la pom-pa dell-la bent-see-na*	petrol pump
i pomodori (m)	*ee po-mo-do-ree*	tomatoes
i pompelmi (m)	*ee pom-pell-mee*	grapefruit
il pompiere	*eel pom-pee-ay-ray*	fireman
il ponte	*eel pon-tay*	bridge
il pony	*eel po-nee*	pony
i pop-corn (m)	*ee pop-corn*	pop corn
il porcile	*eel por-chee-lay*	pigsty
i porcellini (m)	*ee por-chell-lee-nee*	piglets
il porcospino	*eel por-co-spee-no*	hedgehog
i porri (m)	*ee por-ree*	leeks
la porta	*la por-ta*	door
il portabagagli	*eel por-ta-ba-ga-lyee*	boot
portare	*por-ta-ray*	to carry

il postino	*eel pos-tee-no*	postman
la pozzanghera	*la pot-san-gay-ra*	puddle
il pozzo dei desideri	*eel pot-so day-ee day-zee-day-ree*	wishing well
il pranzo	*eel prant-so*	dinner
prendere	*pren-day-ray*	to take
la prigione	*la pree-jo-nay*	prison
la prima colazione	*la pree-ma co-lat-see-o-nay*	breakfast
la primavera	*la pree-ma-vay-ra*	Spring
i primati (m)	*ee pree-ma-tee*	apes
primo	*pree-mo*	first
il principe	*eel preen-chee-pay*	prince
la principessa	*la preen-chee-pess-sa*	princess
la proboscide	*la pro-bo-shee-day*	trunk
il prosciutto	*eel pro-shoo-to*	ham
le prugne (f)	*lay proo-nyay*	plums
i pulcini (m)	*ee pool-chee-nay*	chicks
pulito	*poo-lee-to*	clean
il pugilato	*eel poo-jee-la-to*	boxing
le puntine (f)	*lay poon-tee-nay*	tacks
le puntine da disegno (f)	*lay poon-tee-nay da dee-say-nyo*	drawing pins
il puzzle	*eel poo-zell*	jigsaw
il quaderno	*eel kwa-dair-no*	notebook
il quadrato	*eel kwad-ra-to*	square
quattordici	*kwat-tor-dee-chee*	fourteen
quattro	*kwat-tro*	four
quindici	*kween-dee-chee*	fifteen
il quotidiano	*eel kwo-tee-dee-a-no*	newspaper
le racchette da ping-pong (f)	*lay rack-ket-tay da peeng-pong*	bats (ping-pong)
la radio	*la ra-dee-o*	radio
ragazze (f)	*lay ra-gat-say*	girls
i ragazzi (m)	*ee ra-gat-see*	boys
la ragnatela	*la ra-nya-tay-la*	cobweb
il ragno	*eel ra-nyo*	spider
la rana	*la ra-na*	frog
il rastrello	*eel ras-trel-lo*	rake
il razzo	*eel rat-so*	rocket
il re	*eel ray*	king
i regali (m)	*ee ray-ga-lee*	presents
la regina	*la ray-jee-na*	queen
il remo	*eel ray-mo*	oar
le renne (f)	*lay ren-nay*	reindeer
i respingenti (m)	*ee res-peen-jen-tee*	buffers
la rete	*la ray-tay*	net
la rete di sicurezza	*la ray-tay dee see-coo-ret-sa*	safety net
ridere	*ree-day-ray*	to laugh
il righello	*eel ree-gel-lo*	ruler
il rimorchio	*eel ree-mor-kee-o*	trailer
il rinoceronte	*eel ree-no-chay-ron-tay*	rhinoceros
il ripostiglio	*eel ree-pos-tee-lyo*	shed
il riso	*eel ree-zo*	rice
il robot	*eel ro-bot*	robot
le rocce (f)	*lay roch-chay*	rocks
il rombo	*eel rom-bo*	diamond shape
rompere	*rom-pay-ray*	to break
la rosa	*la ro-za*	pink
rosso	*ros-so*	red
i rospi (m)	*ee ros-pee*	toads
la roulotte	*la roo-lot-tay*	caravan
il rubinetto	*eel roo-bee-net-to*	tap
la rugiada	*la roo-ja-da*	dew
il rullo compressore	*eel rool-lo com-pres-so-ray*	roller
la ruota	*la roo-o-ta*	wheel
il ruscello	*eel roo-shel-lo*	stream
i sacchi (m)	*ee sack-kee*	sacks
il sale	*eel sa-lay*	salt
la salsa	*la sal-sa*	sauce
le salsicce (f)	*lay sal-seech-chay*	sausages
saltare	*sal-ta-ray*	to jump
saltare la corda	*sal-ta-ray la cor-da*	to skip
il salto in alto	*eel sal-to een al-to*	high jump
il salvadanaio	*eel sal-va-da-na-yo*	money box
i sandali (m)	*ee san-da-lee*	sandals
il sapone	*eel sa-po-nay*	soap
i sassi (m)	*ee sas-see*	stones
la scala	*la sca-la*	stairs
la scala a pioli	*la sca-la a pee-o-lee*	ladder
la scala di corda	*la sca-la dee cor-da*	rope ladder
le scarpe (f)	*lay scar-pay*	shoes
le scarpe da ginnastica (f)	*lay scar-pay da jeen-nas-tee-ca*	gymshoes
la scatola degli attrezzi	*la sca-to-la day-lyee at-tret-see*	tool box
la scatola dei colori	*la sca-to-la day-ee co-lo-ree*	paint box
le scatole (f)	*lay sca-to-lay*	boxes
le scatolette (f)	*lay sca-to-let-tay*	tins
scavare	*sca-va-ray*	to dig
la scavatrice	*la sca-va-treeech-ay*	digger
lo scendiletto	*lo shen-dee-let-to*	rug
lo sceriffo	*lo shair-eef-fo*	sheriff
la scheda	*la skay-da*	chart
la schiena	*la skee-ay-na*	back
sci	*shee*	skiing
la sciarpa	*la shar-pa*	scarf
lo sciatore d'acqua	*lo sha-to-ray dack-kwa*	water skier
la scimmia	*la sheem-mee-a*	monkey
lo sciroppo all'arancia	*lo shee-ropo al-la-ran-cha*	orange squash
lo scivolo	*lo shee-vo-lo*	slide
gli scogli (m)	*lyee sco-lyee*	rocks
la scogliera	*la sco-lyay-ra*	cliff
lo scoiattolo	*lo sco-yat-to-lo*	squirrel
la scopa	*la sco-pa*	broom
lo scrittoio	*lo scree-to-yo*	desk
scrivere	*scree-vay-ray*	to write
a scuola (f)	*a scoo-o-la*	at school
scuro	*scoo-ro*	dark
il secchiello	*eel seck-kee-el-lo*	bucket (small)
il sedano	*eel say-da-no*	celery
il sedere	*eel say-day-ray*	bottom (body)
sedere	*say-day-ray*	to sit
la sedia a sdraio	*la say-dee-a a sdra-yo*	deck chair
la sedia a rotelle	*la say-dee-a a ro-tel-lay*	wheelchair
sedici	*say-dee-chee*	sixteen
la sega	*la say-ga*	saw
la segatura	*la say-ga-too-ra*	sawdust
il segnale	*eel say-nya-lay*	signpost
sei	*say*	six
la sella	*la sel-la*	saddle
il semaforo	*eel say-ma-fo-ro*	traffic lights
i semi (m)	*ee say-mee*	seeds
il sentiero	*eel sen-tee-ay-ro*	path
i serpenti (m)	*ee sair-pen-tee*	snakes
la serra	*la sair-ra*	greenhouse
sette	*set-tay*	seven
lo sgabello	*lo sga-bel-lo*	stool
la siepe	*la see-ay-pay*	hedge
sinistra	*see-neece-tra*	left
la siringa	*la see-reen-ga*	syringe
la slitta	*la sleet-ta*	sleigh
soffiare	*sof-fee-a-ray*	to blow
il soffitto	*eel sof-feet-to*	ceiling
il soldato	*eel sol-da-to*	soldier
i soldatini (m)	*ee sol-da-tee-nee*	soldiers (toy)
i soldi	*ee sol-dee*	money
il sole	*eel so-lay*	sun
il soggiorno	*eel soj-jor-no*	living room
il sollevamento pesi	*eel sol-lay-va-men-to pay-zee*	weight-lifting
la sorella	*la so-rel-la*	sister
sorridere	*sor-ree-day-ray*	to smile
sopra	*sop-ra*	over
le sopracciglia	*lay sop-rach-chee-lya*	eyebrow
sotto	*sot-to*	under
il sottomarino	*eel sot-to-ma-ree-no*	submarine
spaccare	*spack-ka-ray*	to chop
la spada	*la spa-da*	sword
gli spaghetti (m)	*lyee spa-get-tee*	spaghetti